Philippe MATTER

MINI-LOUP,
gare au garou

HACHETTE
Jeunesse

Ce soir, Mini-Loup a invité Anicet et Mini-Pic à dormir chez lui.

Avant d'éteindre la lumière, Maman-Loup leur a raconté leur histoire préférée : celle du chaperon rouge et du terrible loup-garou. Le moment que Mini-Loup et ses amis préfèrent, dans cette histoire, c'est la fin ! Quand l'abominable loup-garou s'enfonce à tout jamais dans la forêt profonde en poussant son cri terrifiant : « OOOUUUHHH ! »

« Et maintenant, tâchez de vous endormir bien vite pour être en pleine forme demain matin ! » dit Maman-Loup en embrassant tendrement les trois compères.

Mais Mini-Loup, Anicet et Mini-Pic n'ont pas du tout
l'intention de s'endormir tout de suite. La porte à peine
refermée, ils bondissent hors du lit, se rhabillent
et c'est à celui qui imitera le mieux le loup-garou.
    « C'est moi, Mini-Loup-Garou, l'égorgeur des mauviettes,
le cauchemar des biquettes ! s'écrie Mini-Loup.

— Moi, Mini-Pic, le Hérisson-Garou, la terreur des terriers ! »
hurle ce dernier.

Et Anicet crie de plus belle :

« Je suis Cochon-Garou, croqueur de glands mais aussi
d'agneaux doux ! »

« Avec une lune pareille, dormir c'est bon pour les bébés ! »
déclare Mini-Loup.

Et, hop ! Les trois amis sautent par la fenêtre, pour aller
faire peur pour de vrai à tous ceux qui croiseront
leur chemin.

« Ouh-Ouh ! C'est nous les trois garous de la montagne…
crie Mini-Loup tout excité.

— On a des griffes, on a des poils et une vraie faim de loup ! »

Au bord du ruisseau, un mignon petit faon se désaltère.
A pas de loup, nos amis s'en approchent et soudain
bondissent vers lui en poussant des cris épouvantables.
« Ouh-Ouh ! Grou-Grou ! Bouh-Bouh ! »

Pauvre faon… Il ne comprend pas ce qui se passe,
mais en tout cas, il a une de ces frousses ! Les trois affreux
ont bien réussi leur coup.

Seulement le doux animal a été beaucoup plus rapide
qu'eux. Dans un élan incroyable, il s'est sauvé… En voulant
le poursuivre, les trois coquins tombent dans le ruisseau,
les voilà trempés jusqu'aux os !

« En tout cas, on lui a quand même fait très peur !
se console Mini-Loup.

— Il se souviendra longtemps de nous ! renchérit Mini-Pic.
Il a eu drôlement chaud !

— Hélas, les plus refroidis, c'est nous ! » constate
amèrement Anicet.

Heureusement, la nuit n'est pas finie. Du haut de la colline, ils aperçoivent Dédé, le bon blaireau qui vient de finir sa récolte de baies.

A toute allure, les trois voyous dévalent la pente en poussant de grands cris.

« Ouh-Ouh ! Grou-Grou ! Bouh-Bouh ! »

Effrayé, Dédé a juste le temps de sauter sur son vélomoteur. Il file à toute allure en direction de la forêt.

Mais le vélomoteur de Dédé va bon train, et nos amis se font vite distancer. Les voilà en plein cœur de la forêt et pas rassurés du tout.

« CRRRAAAAKKK ! » Un énorme craquement déchire soudain la nuit et les fait sursauter. Quelle horreur ! Devant eux se dresse un horrible monstre aux doigts crochus. Ses gros yeux globuleux leur lancent des éclairs.

« Au secours ! Sauve qui peut ! » s'écrient d'une seule voix nos petits brigands morts de peur.

Quelle bande de sots ! Ce n'était que Marcel, un très vieux hibou, intrigué par tout ce tintamarre, et qui venait aux nouvelles… Mini-Loup, Anicet et Mini-Pic n'ont jamais été aussi heureux de le voir !

« Mais que faites-vous dans les bois en pleine nuit ? s'étonne Marcel.

— On voulait admirer le clair de lune, invente Mini-Loup. Et maintenant, on est perdus…

— On aimerait beaucoup rentrer chez nous ! » avoue Anicet, un peu penaud mais tout de même soulagé.

Ça tombe à pic. Marcel avait justement envie de se dégourdir les ailes.

« Suivez-moi. Je vais vous montrer le chemin… » leur propose-t-il gentiment.

Quel soulagement ! Mini-Loup, Anicet et Mini-Pic ne se font pas prier. Dans la nuit, les yeux du hibou brillent comme deux grands phares. C'est très pratique pour éclairer !

Les trois amis n'ont jamais couru si vite. Dès qu'ils sortent de la forêt, ils se sentent déjà beaucoup mieux !

Ouf ! Ils arrivent enfin devant la maison de Mini-Loup. Quel bonheur de rentrer bien à l'abri !

« Au revoir, mes amis, et soyez plus prudents la prochaine fois… leur crie Marcel, pressé de retrouver son vieux chêne.

— Au revoir ! Marcel aux grands yeux ! » s'écrient en chœur les trois terreurs de la nuit.

A peine rentrés, ils enfilent leurs pyjamas et se glissent dans le lit. Quel bonheur de se retrouver en sécurité et bien au chaud sous la couette ! Mais, soudain… « Ouh-Ouh-Ouh-Ouh-Ouh ! » Alors qu'ils s'apprêtent à s'endormir, un hurlement lugubre les fait sursauter.

« Au secours ! s'écrient les trois amis terrifiés. Un lou, lou, un ga, ga, un loup-garou ! » Leurs cris font tellement de vacarme qu'ils réveillent les parents de Mini-Loup.

« Quels poltrons ! s'écrient Papa-Loup et Maman-Loup en ouvrant la porte. Vous êtes trop grands pour croire aux loups-garous ! C'est seulement le vent dans les branches qui fait hou-hou ! Allez, rendormez-vous sans crainte. »

Blottis les uns contre les autres, et de nouveau seuls,
Mini-Loup, Anicet et Mini-Pic ne sont pas rassurés du tout !
Papa-Loup et Maman-Loup ont beau avoir promis, ce bruit
dans les branches, ça ressemble vraiment au cri du…
« Ouh-Ouh-Ouh-Ouh !… ». Peut-être, mais en tout cas,
Mini-Loup, Anicet et Mini-Pic savent bien que le loup-garou
n'existe pas, ce n'est évidemment que le vent dans les branches.

Retrouve Mini-Loup sur Internet :
www.mini-loup.com

Imprimé en France par I.M.E - 25110 Baume-les-Dames
Dépôt légal n° 58682 - Avril 2005
22.71.3679.07/2
ISBN : 2.01.223679.0
Loi n° 49-956 du 16 juillet 1949
sur les publications destinées à la jeunesse